오늘,
간이역에서

박성진 글·그림

책숲

머리말

언제나 처음은 설렙니다.

처음 책을 내자는 제안을 받았을 때 너무나 기뻤습니다.

취미로 시작한 그림이었지만 그릴수록 주제를 정해보고 싶었습니다. 그리고 언젠가 꼭 나만의 스타일이 담긴 그림책을 내고 싶었습니다. 그 기회가 생각보다 빨리 찾아왔습니다.

그만큼 걱정도 많았습니다. 잘할 수 있을까? 글은 또 어쩌고? 사실 이 책은 이런저런 걱정들로 시작되고 만들어진 책입니다.

늘 그렇듯 시작이 어렵습니다. 일단 시작하고 나니 조금씩 방향을 잡게 되었습니다. 그 이정표는 항상 간이역으로 향했습니다. 전국 곳곳에 숨어 있는 간이역을 찾아가 그리고 느끼다 보니 어느새 책이 만들어졌습니다.

욕심을 많이 부리지 않았습니다. 제가 그려왔던 그림의 소재들이 특별하지 않습니다. 주변과 일상에서 찾아 그리고 특히 사라져가는 추억을 스케치북에 담기를 좋아했습니다. 이 책의 그림들도 그렇습니다.

그래서 《오늘, 간이역에서》는 저와 잘 맞는 그림 주제였습니다. 간이역, 시골 풍경, 사람들 그리고 그곳에서 느낀 감정들을 짧은 글과 그림으로 담아낼 수 있어 좋았습니다.

책에 담긴 그림들은 현장에서 빠르게 드로잉하고 채색하는 어반스케치 형식으로 그린 그림들입니다. 정교함보다는 지금 여기의 느낌을 충실히 담고자 했습니다. 어쩌면 사진을 찍는 대신 그림을 그려 보여주는 간이역 여행 포스팅일 수 있겠네요.

첫 그림을 시작하고 마지막 그림까지 제법 오랜 시간이 지났습니다. 사계절이 세 번 지나갔고 그 사이 그림의 스타일도 조금 바뀌었습니다. 그동안 간이역을 찾느라 시골 구석구석을 여행하기도 했습니다.

아쉬운 점이 있는데, 충청권의 간이역을 담지 못했습니다. 주로 다니는 목적지를 가는 중에 간이역을 찾다 보니 그랬습니다. 충청권에는 예쁜 간이역이 많습니다. 다음에 꼭 책에 담아볼 생각입니다.

모든 것은 언젠가 사라집니다. 사라지기 전에 그림에 담으면 적어도 나에게는 특별해집니다. 그릴 때의 날씨, 풍경, 소리 등 감각과 감정이 그림에 저장됩니다. 훗날 대상이 사라지고도 그림을 보면 기억이 살아납니다. 사진도 좋지만 그림으로 남겨보는 이유입니다.

간이역은 사라지지 않았습니다. 찾지 않을 뿐 늘 그곳에 있습니다. 제가 '오늘, 간이역에서' 느낀 것이 전해지기를 바랍니다.

차례

PART 01 · 강원권

PART 02 ∘ 서울 · 경기권

PART 03 ∘ 전라권

PART 04 ∘ 경상권

삼척 도경리역

삼척 고사리역 (그리고 하고사리역)

정선 나전역

정선 아우라지역 (그리고 구절리역)

정선 선평역

태백 추전역

영월 석항역

춘천 경강역 (그리고 백양리역)

PART 01

강원권

· · ·

아주 오래된
간이역의 초대

삼척 도경리역

❀ 강원도 삼척에 있는 도경리역은 간이역 중에서도 유명한 곳이다. 일제강점기였던 1939년에 지어졌고 영동선 중에서 가장 오래된 역사이기도 하다. 간이역 하면 대부분의 사람이 떠올리는 아담한 모습, 도경리역은 그런 간이역의 표본이 될 만한 곳이다.

지금은 기차가 서지 않고, 근대문화재로 지정되어 관리되고 있다. 화창한 가을의 어느 날, 나는 도경리역을 만나러 갔다.

삼척에 진입해 내비게이션이 안내하는 대로 달렸다. 목적지인 도경리역에 가까워졌는데 자꾸 산속으로 들어간다.

"역으로 가는데 왜 자꾸 산길로 가지……."

동행이 불안한 듯 말했다. 나 역시 의아해서 눈길만 한 번 마주치고 계속 산길을 따라 들어갔다.

좁은 길을 두세 번 굽어 들어가니 어느 순간 작은 마을이 나타났고 거기에 역이 있었다. 역 크기에 비해 앞 공터는 제법 넓었다. 근처에 작은 구멍가게가 있어서 가보았다. 장사를 하시는 것 같기는 한데…… 인기척은 전혀 느낄 수 없었다. 역과 마을은 시간이 멎은 듯 고요할 뿐이었다.

역사 주변을 살피다가 예쁜 집들을 보았다. 집들 사이로 난 골목길을 따라 언덕을 올라가니 도경리역이 한눈에 보였다. 상쾌한 가을 바람을 맞으면서 내려다본 풍경에 잠시 넋을 놓고 말았다. 낡은 기와 지붕 사이로 보이는 오래된 간이역은 코끝이 찡할 만큼 정겹기도 했고, 낯설기도 했다. 한참을 보면서 스케치북에 담았다.

언덕을 내려가 역으로 들어가 보았다. 아무도 기차를 타러 오지 않는 역에는
적막만 쌓여 있다. 우리는 플랫폼으로 나갔다. 그때였다. 철길을 타고 멀리서
소리가 들려왔다.

"뭘까? 기차가 오는 거야?" 그 순간 정말 멀리 기차가 보였다.

"우와! 기차 온다! 기차 와!"

서로 소리치고 신나 하며 기차를 기다린다. 나는 급하게 카메라를 꺼내 들어
오는 기차를 찍어댔다. 그렇게 순식간에 기차는 지나갔고…… 묘한 여운만
남았다. 놀랍기도 하고 반갑기도 하고 아쉽기도 하고, 여러 기분이 들었다.

"너무 빨리 지나가 버렸네……."

플랫폼 여기저기를 보고 사진을 찍다가 역을 나왔다. 들어올 때는 못 봤던 작은 길을 역에서 나가는 왼편에서 발견했다.

"우리 저기로 가보자!"

동행의 말대로 그쪽을 향했다. 열 걸음쯤 걸었을까. 동행이 소리친다.

"여기 강아지 있어! 강아지!"

"어디? 진짜네!"

우리보다 강아지가 더 반가워한다. 꼬리를 얼마나 흔들어대는지 떨어질까 걱정될 정도다. 동행이 개와 눈을 마주치더니 말했다.

"강아지가 웃고 있어."

"무슨 소리야? 개가 어떻게 웃어?"

"아니야, 잘 봐. 이 녀석 웃고 있잖아!"

어라, 정말로 웃고 있는 것 같았다. 너무 반가워 강아지도 절로 미소를 지었나 보다. 우리는 이 녀석을 웃는 강아지라 불러주며 한참을 같이 놀았다.

녀석과 인사를 하고 골목을 따라 잠시 들어가니 마을로 이어졌다. 그쯤에서 발길을 돌렸다.

집으로 돌아오는 내내 웃는 강아지 이야기를 했다. 가을 바람 속에서 평화로 웠던 곳, 강아지가 웃으며 반겨주던 곳, 도경리역에 꼭 다시 한 번 가보려고 한다. (2017. 10. 9)

도경리역

. . .

강원도 삼척시 도경북길 126(도경동 산37-3).

현재는 신호장으로 운영되고 있고, 건물은 현존하는 영동선 역사 중 가장 오래된 건물로서,

그 희소가치가 커서 등록 문화재 제298호로 지정되었다.

동해로 가는 길에서 만난
산속 작은 역

삼척 고사리역
(그리고 하고사리역)

태백의 추전역을 갔다가 동해 쪽으로 방향을 잡았다. 삼척 고사리역으로 가는 길에서 눈길을 끄는 것을 보았다. 지금은 보기 힘든 아주 오래되고 큰 트럭이었다. 산악지대에서 벌목한 나무를 실어 나르는 트럭으로 보였다. 큰 바퀴와 대형 엔진룸이 인상적이었다. 낡고 오래되었지만 관리가 잘 되어 여전히 잘 달릴 것 같았다.

트럭을 구경하고 근처의 고사리역으로 향했다. 역시나 작은 마을과 어우러진 작은 역이다. 하지만 지금까지 봐왔던 간이역과는 좀 다른 느낌이 들었다. 역사는 벽돌로 지어져 갈색을 띠었고 플랫폼도 보통의 간이역과는 달랐다. 승객을 위한 플랫폼은 철거된 것 같고 이제는 넓은 공간에 여러 갈래의 철길만 펼쳐져 있다.

물론 지금은 여객이 중단되었으며 역사도 잠겨 있다. 내부는 볼 수 없지만 철길로는 들어갈 수 있다. 이정표가 도계역과 하고사리역을 알려준다. 양쪽 방향을 번갈아 보고 돌아서는데 '삼척 늑구리 은행나무'까지 500미터라는 이정표가 보였다. 은행나무를 보러 가는 길에 작은 사당을 보았다. 마치 마을을 내려다보며 지켜주는 것 같다.

좁은 길을 따라 제법 올라가니 큰 은행나무 한 그루와 농가 두어 채가 보였
다. 은행나무의 크기는 실로 어마어마했다. (고사리역을 나와 하고사리역으로
향하던 길에서 강 건너 우뚝 솟은 나무를 보았다. 늑구리 은행나무라는 것을 한 번
에 알 수 있었다.)

1500년 넘게 산 은행나무에는 많은 이야기와 전설이 있었다. 마을을 지켜주
는 수호신으로 보였다. 그곳에서는 산 아래가 훤히 보였다. 풍경이 아주 시
원했다. 예전에는 많은 사람들이 이 은행나무의 가지와 껍질을 가져갔다고
한다. 치료에 효과가 있다는 믿음 때문이었다.

이제 고사리역을 떠나 같은 영동선의 다음 역인 하고사리역으로 간다. 하고
사리역은 지금껏 만난 간이역 중 가장 작고 특이한 역이다. 간판도 없고 플
랫폼도 없다. 그저 작은 간이역일 뿐이다.

나무로 지은 역사 입구에 '대한민국 근대문화유산' 팻말이 붙어 있고 소개하
는 글이 있다. 자칫 없어질 뻔한 역을 마을 주민들이 지켜냈다고 한다. 그러
고 보니 오히려 고사리역보다 하고사리역 주변 마을이 더 오밀조밀하고 커
보였다.

철길과 아주 가까워 혹여 사람이 들어가 사고가 날까 펜스를 설치해두었다.
때마침 고사리역에서 오는 기차가 쌩하니 지나갔고, 주변의 나무들이 시원
하게 춤을 췄다. 기차가 달려온 철길을 멀리 바라보니 주변 풍경이 참으로
조용하고 평온해 보인다. 잠깐이나마 그 풍경에 눈을 멈춰본다.

역에서 잠시 머문 뒤 마을 골목을 돌아보았다. 아무리 보아도 보통의 가정집처럼 보이는데 슈퍼마켓 간판이 달려 있다. 노란색의 어린이집도 있고, 마을 이곳저곳이 재미난 풍경을 보여준다. 넓은 들녘에 노랗게 익어가는 콩밭이 펼쳐져 있다.

간이역이 추억을 간직한 채 그곳에 있고, 마을 사람들이 그런 간이역을 소유하고 있는 듯 보였다. 기차가 서지 않고 사람이 타고 내리지 않지만, 내 기억에는 오래 머물 간이역이 될 것 같다. (2017. 10. 9)

고사리역

. . .

강원도 삼척시 도계읍 늑구2길 68(늑구리 42-5).

영동선 역으로 1940년에 영업을 시작했고, 1958년에 현재 역사로 신축 이전하였다. 2007년부터 여객 취급이 중단되었으며, 현재는 열차가 정차하지 않는다.

하고사리역

. . .

강원도 삼척시 도계읍 소달길 12-52(고사리 60).

영동선 역으로 1966년 마을 주민들이 지은 간이역이다. 2006년 철거될 예정이었지만 주민들이 반대하여 보존되었다. 2007년 여객 취급이 중지되면서 등록문화재로 지정되었다.

도깨비가 살던
조용한 마을의 작은 역

정선 나전역

　　✿ 이제 봄이 오는 3월 중순이라지만 아직 겨울이 다 물러가지는 않았다. 그래도 창가로 들어오는 햇살은 봄처럼 따스했다.

나전역으로 가는 차도는 아주 잘 정비되어 있었다. 깊은 산골인데 이렇게 가기가 편하다니, 놀라워하며 든 생각. '아, 동계올림픽이 강원도에서 열렸지!' 정선은 2018년 평창동계올림픽 중 알파인스키가 개최된 지역이다.

서울에서 2시간 넘게 달려왔지만 화창한 날씨와 따사로운 햇
살, 무엇보다 주변 풍광 때문에 전혀 지루함을 느끼지 않았다.
강원도로 들어와 창문을 열고 맑은 공기와 함께 달리니 기분이
상쾌했다. 바람은 아직 차갑지만 그 상쾌함을 느끼기에는 최고
의 날씨다.

나전역은 강원도 정선군 나전리에 있을 줄 알았는데 그렇지 않
았다. 북평면의 북평리에 속해 있다. 큰길에서 나오자 접어든 북
평면은 너무나 조용하고 한가롭다. '평일이라서 그런가?'

마을은 깨끗하게 잘 정돈되어 있다. 그리고 역시 강원도의 간이
역 마을답게 과거의 화려함을 간직하고 있다. 골목골목 오래된
술집과 다방, 음식점 간판이 아직도 많이 보인다. 겨울 풍경에서
빠질 수 없는 다 타고 남은 연탄들이 집집마다 대문 앞에 쌓여
있다. 낡고 오래된 식당과 주점 들은 영업을 안 한 지 오래되어
보인다. 간간이 문을 연 식당들은 최근에 생겨난 것으로 보인다.

나전역에 도착하니 점심때다. 역 앞에 주차하고 마을을 한바퀴 걸어보았다.
역시 처음 온 곳에서는 중국집이 편하다. 딸그랑, 식당 문을 열고 들어선다.
혼자 넓은 테이블을 차지해도 눈치 주는 사람이 없다. 짜장면 한 그릇을 시
켜 급하게 후루룩 먹으며 허기를 달래본다.
사실은 어서 예쁜 나전역을 그려보고 싶어서다. 화창한 날씨와 햇살이 자꾸
날 서두르게 한다. 짜장면 한 그릇을 하고 빠른 걸음으로 역에 간다. 그 앞 단
정한 작은 공원에 앉아 그릴 준비를 한다.

달그락 달그락. 화판과 스케치북을 펼치고 펜과 물감도 준비하고 잠시 나전
역을 본다. 어떻게 그려나갈까. 조용하기만 한 마을이라고 느꼈는데, 역 앞은
공사 차량과 중장비가 내는 소리로 제법 시끄럽다. 나전역을 재정비하는 것
같다. 아까는 점심식사 때라 조용했나 보다. 쿵쾅쿵쾅 치익, 덜커덩, 온갖 소
리가 마을을 울린다.

그래, 이 풍경 또한 오늘 나만이 볼 수 있는 풍경이겠거니 생각하며 오랜만
에 간이역을 그려본다. 오늘 이 시간의 풍경을 고스란히 스케치북에 담아본
다. 차가우면서도 시원한 바람 소리, 맑고 따사로운 햇살, 그리고 공사 때문
에 주차된 차들까지 순간을 모두 그린다.

그림 도구들을 정리해 차에 넣어두고 다시 마을을 돌아본다. 오래된 가게와 집을 지난다. 아직 아무것도 자라지 않는 밭, 마을을 지켜줄 것 같은 커다란 나무에 새싹은 피지 않았다. 동네 곳곳에 고양이들이 골목의 주인인 양 햇볕을 쬐며 앉아 있다.

이 녀석 보게, 나를 째려보는 모습이 당돌하기까지 하다. 건방진 자세로 앉아 뚫어져라 쳐다보고 있다. 사진을 찍어도 전혀 경계심이 없다. 녀석과 잠깐 대화를 나누고 "내가 졌다!" 하고 돌아선다. 그렇게 골목을 돌아서니 담벼락 아래에 할머니 네 분이 모여 나물을 다듬고 계신다. 봄이 오긴 오나 보다. 쉬지 않고 담소를 나누는 모습이 즐거워 보인다. 늘 같은 일상일 텐데 저렇게 많은 이야깃거리가 있을까. 혼자 웃으며 지나쳐 간다.

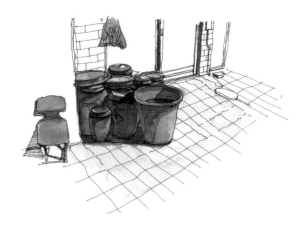

나전역은 과거에 드라마, 예능 프로그램, CF 촬영도 간간이 있던 곳이다. 작은 역사 안에는 관련 포스터들이 붙어 있고, 오래전 대합실의 모습이 보존되어 있다. 어쨌거나 역 주변의 조용하고 한적한 마을의 분위기가 좋다. 정돈이 잘 되어 있고 제법 규모도 있어 더욱 그렇게 보인다. 그래서 인상 깊다. 간이역을 보러 와서 자꾸만 마을을 보게 된다. 특별할 것이 없지만 평온한 마을, 나전역은 그 안에 숨어 있다.

사실 나전역에는 도깨비가 있었다. 진짜 도깨비가 아니라, 2000년대 초에 미대생들이 역사 외벽에 동화풍의 귀여운 도깨비 벽화를 그려놓았다. 2015년 나전역 복원사업 때 벽화는 사라졌다고 한다. 나름대로 인기 있었다고 하니, 보지 못해 아쉽기도 하다. 지금은 다시 공원을 조성하는 것 같은데 앞으로 어떤 모습을 보일지 기대된다. (2019. 4. 7)

나전역

· · ·

강원도 정선군 북평면 북평8길 38(북평리 244-2).

정선선 역으로 정선역과 아우라지역 사이에 있다. 1969년 보통역으로 영업을 시작했고 2011년부터
여객열차가 정차하지 않았으나, 2015년부터 정선아리랑열차(A-트레인)가 정차한다. 2004년
성신여대 미대 학생들이 역사 외부에 벽화를 그렸지만, 2015년 역사 복원 공사와 함께 사라졌다.

철길을 따라
자연을 만끽하는 간이역

정선 아우라지역
(그리고 구절리역)

❀ 아우라지역과 구절리역은 정선의 명소이기도 하다. 이 두 역에
는 이제 정선아리랑열차 A-트레인만 운행하고 있다. 그리고 레일바이크도
탈 수 있는데, 두 역 간의 철길은 7.2킬로미터로 자연을 만끽하며 달리는 나
만의 기차여행이 된다.

구절리역 주차장에 차를 세우니 커다란 여치 두 마리가 반겨준다. 아우라지
역에서 만난 어름치 갤러리카페처럼 기차를 개조해 만든 식당 겸 카페다. 그
뒤로 개미 펜션과 벅스랜드도 있다. 두 역 모두 자연에서 만날 수 있는 곤충
과 물고기로 꾸민 모습이 인상적이었다.

구절리역 주변을 한 바퀴 둘러보았다. 작은 마을이지만 찾는 관광객이 많아서 카페와 식당이 여러 개 있었다. 오히려 인상적인 풍경이 없어 조금 아쉬웠다. 그래서 직접 철길 위에서 풍경을 즐겨 보고 싶어졌고, 레일바이크로 향했다. 운이 좋게도 시간이 잘 맞았다. 예매를 하고 주변을 구경하다가 시간에 맞춰 레일바이크에 올랐다. 괜히 설레고 처음 기차를 타는 어린아이 마음 같다. 직원의 안내와 함께 천천히 바퀴를 굴려 철길 위를 달린다. 얼굴에 닿는 선선한 바람이 그렇게 상쾌할 수가 없다. 덜컹거림도 봄바람도 산내음도 모두가 어릴 적 비둘기호를 타고 떠날 때의 그 느낌이다.

7.2킬로미터가 이렇게 짧게 느껴지다니. 레일바이크는 금방 아우라지역에 도착했다.

구절리역으로 돌아가는 기차 시간까지 여유가 있어 아우라지역 주변 마을을 둘러보았다. 좁은 골목으로 들어가니 오래된 여인숙이 보였다. 간판은 여인숙인데 입구의 유리문은 도장집이라 특이했다. 자세히 보니 여인숙으로 통하는 좁은 옆문이 보인다. 오래된 분식집도 있다. 간판만 있을 뿐 영업은 하지 않았다.

아우라지역 앞에는 아우라지 장터가 있다. 마을은 제법 규모가 있었다. 장날이면 사람들이 모이겠지만 이날은 장이 서지 않아 한산했다. 마을 이곳저곳을 둘러보았다. 예쁜 파란색 지붕의 농가와 함께 듬성듬성 있는 농가의 풍경이 좋아 보였다.

아우라지역으로 돌아가니 다시 구절리역으로 데려다 줄 정선풍경열차가 도
착해 있었다. 구절리역에서 레일바이크를 타고 아우라지역에 도착하면, 그
곳에서 다시 정선풍경열차를 타고 돌아온다. 열차 뒤에는 구절리역으로 돌
아오는 레일바이크들이 꼬리처럼 달려 있다.
달리는 열차 위에서 시원한 커피를 마시며 여유를 즐겨보았다. 철길을 따라
펼쳐진 강과 계곡의 절벽 그리고 논과 밭. 모든 것이 한 폭의 그림이다. 천천
히 지나가는 정선의 아름다운 풍경을 가슴에 담으며 이번 간이역 여행을 마
무리해본다. (2019. 3. 22)

아우라지역

· · ·

강원도 정선군 여량면 여량6길 17(여량리 212-6).

정선선 역으로 1971년 여량역으로 영업을 시작했고, 1993년 무배치간이역이 되었다. 2000년에
현재 역명으로 변경했다. 2004년부터 구절리역이 영업을 중단하면서 정선선의 모든 열차가
아우라지역까지만 운행한다. 현재 구절리역 사이에 레일바이크를 운행한다.

구절리역

· · ·

강원도 정선군 여량면 노추산로 745(구절리 290-82).

정선선 역으로 1974년 영업을 개시했고, 2004년 여객 취급을 중단했다. 현재는 열차가 정차하지
않는다. 2005년 아우라지역까지 이어지는 레일바이크를 개장하였다.

깊은 산늘의 외딴섬

정선 선평역

　　❀ 겨울의 막바지, 정선에서 태백산맥을 굽이굽이 넘어 태백으로
향하던 길이었다. 산자락 아래 마치 섬 같은 마을이 눈에 띄어 차를 세웠다.
좁은 하천 너머로 보이는 마을 풍경이 그림 같았다. 산에서 내려가는 방향에
서 보고 있어 마을이 한눈에 들어왔다.

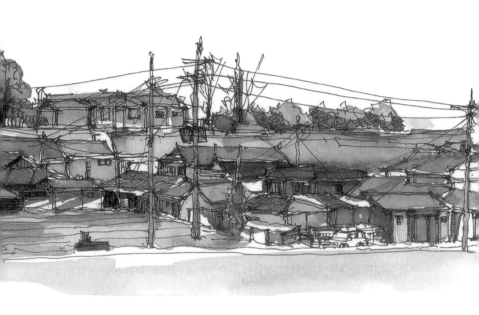

한참을 카메라에 마을을 담고 있는데 낯익은 형태의 건물이 보였다. "어! 저기에 간이역이 있네." 혼잣말을 했다. 자세히 살펴보니 진짜 간이역이 있었다. 마치 보물섬에서 보물을 발견한 기분이었다. 찾아가 보기로 한 간이역 리스트에 없던 곳이었다.

간이역을 발견한 이상 그냥 지나칠 수 없었다. 바로 마을로 진입했다. 특이
하게도 낯익은 지명이었다. 낙동리. 왠지 낙동강이 떠올랐다. 그리고 입구에
있는 마을회관도 정겨웠다. 햇살을 받는 마을회관에서 늦겨울의 따뜻함이
느껴졌다.

간이역 근처에 도착하니 계단이 이어져 있다. 계단을 올라야 간이역을 갈 수
있었다. 계단에는 예쁜 그림도 있다. 천천히 올라갔다. 역 광장은 작았지만
잘 정돈되어 있었다. 하지만 역사 안으로는 들어갈 수 없었다. 이미 여객의
기능은 끝난 간이역이라 마을에서 창고처럼 활용하고 있었다. 역사 창으로
안을 보았다. 농악이나 마을 행사 때 사용할 만한 물품들이 있었다.

역사 옆으로 돌아가니 플랫폼과 철
길로 진입이 가능해 역의 뒤쪽을 볼 수 있었다.
철길을 보니 그래도 기차는 다니는 것 같았다. 최대한 천천
히 걸으며 작은 간이역을 둘러보았다. 철길 건너편으로도 제법 넓은
밭이 있고 절벽처럼 깎아지른 산이 보인다. 그리고 버려진 농가가 보였다.

농가인지 역과 관련된 건물인지 헷갈렸지만 사용되고 있지 않는 것은 분명

했다. 철길이 둑길처럼 높이 나 있어 간이역 쪽에서도 마을이 한눈에 들어왔

다. 역으로 올라올 때는 보이지 않던 파란색 지붕의 농가가 유독 눈에 띄었다.

겨울이 끝나고 봄이 시작되는 3월의 정선. 태백산맥 아래의 작은 마을. 짧은

시간 동안 작은 섬마을 여행을 다녀온 듯한 기분이다. (2019. 3. 22)

선평역

• • •

강원도 정선군 남면 선평길 7(낙동리 372-6).

정선선 역으로 1967년 영업을 개시했고, 2011년 여객 취급을 중단하였다. 현재 열차가 통과한다.

하늘 아래 첫 번째
기차를 만나는 곳

태백 추전역

좋은 집은 마치 게임 읽어가며 ─ 은행나무 한 그루와 놓기 두어 채가 있었
다. 은행나무의 크기는 산보 여자식하다셨다. (꾸지리역은 나와 관계없이 무척
오래된 집에서 강 건너 우뚝 속은 은행나무가 보였다 녹구리 은행나무 ─ 가을 쯤 되
에 알 수 있다다.

1500년 나 사 은행나무에는 ─ 목이야기와 진설이 있었다. 마을 들 지키
는 수호신으로 보였다. 그곳에 서는 어디 아래가 훤히 보였다. 풍경이 마무 시
원했다. 예지에는 많은 사람들이 이 은행나무의 가지와 잎살을 가져갔다고
하나. 차표에 도라가 있다는 것을 때문이었다.

강원도 태백으로 향하는 길에는 참 많은 기차역이 있다. 높고 험준한 산맥 사이로 석탄이라는 보물이 가득했으니 그것을 실어 나르는 데 기차가 반드시 필요했을 것이다. 그런 태백산맥에서 가장 높은 곳에 있는 추전역을 간다.

정선을 지나 태백으로 가는 길에 있는 추전역은 고개를 한참 올라가야 만날 수 있다. 가을 하늘은 높다 하지만 그 보다 더 높아 보이는 추전역이다.

추전역 삼거리에서 추전역 쪽으로 우회전하다 지붕 색이 아주 예쁜 농가를 발견했다. 잠시 차를 세우고 찰칵! 민트색 지붕 아래로 쌓인 장작이 보인다. 곧 다가올 겨울을 준비하는 듯 보였다.

다시 차를 달리다 보니 금방 추전역 팻말이 보였다. 크게 휜 커브를 돌아 좁은 길을 따라 올라간다. 그저 감탄사만 나온다. 이 높고 좁은 길에 기차역이라니. 그렇게 잠시 올라가다 보니 기차역이 보였다. 그 길 옆에 아주 좁은 터널이 있었는데, 고인 물과 시커먼 흙으로 범벅이 되어 있었다.

차에서 내려 다시 보니 석탄을 실어 나르는 차량에서 떨어진 석탄 가루인 듯했다.

의문은 잠시 후 풀렸다. 추전역에 올라서 보니 역사 맞은편에 지금도 석탄이 쌓여 있었다. 큰 트럭들이 석탄을 실어 나르는 모습도 보였다.

역사는 평범했고 근처에는 사람들이 많이 찾지 않을 듯한 펜션도 있었다. 역사 뒤에는 데크가 설치되어 있어 가끔 오는 관광객을 맞이하는 듯했다.

역사는 아담했고 그 앞에 석탄을 나르던 광차가 전시돼 있다. 광차의 노란색이 가을의 태백산과 잘 어울렸다.

추 전 역
한국에서 제일높은역
해발 855 M

역사 주위를 돌아보니 기념석이 있다. 추전역이 크게 쓰여 있고 한국에서 제일 높은 역이라는 글과 해발 855m도 표기되어 있다. 이 기념석도 한 번 그려보고 싶다는 생각이 들었다.

기념석 아래에는 추전역의 역사가 소개되어 있다. 뒤의 큰 나무 두 그루가 인상적이었다. 한국에서 제일 높은 역에서 하늘에 닿으려 한껏 뻗친 것 같았다.

작은 추전역의 좁은 플랫폼을 왔다 갔다 하며 보고, 다시 한 번 보고, 하늘 한 번 보고 그렇게 천천히 감상하고 역을 내려왔다.

추전역은 우리나라 간이역 공사 중 가장 힘들었던 곳으로 기록되어 있다. 내려오는 길에서도 그 험난함을 다시 한 번 느낄 수 있었다. (2017. 10. 9)

추전역

. . .

강원도 태백시 싸리밭길 47-63(화전동 산12-4).

태백선의 역으로 해발고도 855미터의 남한에서 가장 높은 역이다. 1973년 보통역으로 영업을
시작했고, 1995년부터 여객열차가 정차하지 않았으나, 1998년부터 눈꽃순환열차가 장시간
정차하면서 관광명소가 되었다. 2013년부터 중부내륙순환열차(O-트레인)가 정차했지만 지금은
정차하지 않는다. 싸리밭골 언덕에 위치해서 추전이라 이름 붙여졌고, 연평균 기온이 남한의 기차역 중
가장 낮으며 적설량도 가장 많다. 주변에 태백산도립공원, 낙동강 발원지인 황지연못, 한강 발원지인
검룡소, 구문소, 용연굴, 태백석탄박물관이 있다.

석탄과 겨울의 기억

영월 석항역

❀강원도를 자주 간다. 여름에는 바다를 보러 동해와 강릉을 찾고, 겨울에는 눈 내린 풍취를 보러 정선과 태백을 찾는다. 겨울의 어느 날, 정선에서 돌아오는 길에 시선을 끄는 마을 풍경이 보여 들어가 보았다. 철물점이 있고 작은 우체국과 학교도 있다. 하지만 마을은 조용하기만 하다.

길가 이정표가 석항역으로 향하는 방향을 가리켜 가보았다. 석항역에는 겨울의 끝자락에 내린 눈이 오후의 햇살에 녹고 있었다.

역은 단조롭고 조용한 주변 마을과는 다른 분위기였다. 제법 잘 정리되어 있고 여러 조형물이 있다. 더 이상 정규노선(여객) 운행을 하지 않는 역사 옆에는 기차를 이용한 펜션이 있다. 모두 석항역의 과거를 말해주고 있다. 석탄을 가득 싣고 달리던 기차는 힘껏 소리치며 분주하게 이곳을 다녔을 테고, 좁은 길에는 사람들로 붐볐을 것이다. 이제는 기차로 만든 시설 외벽에 새긴 글처럼 추억으로 가는 기차역이 되었다.

역에서 마을을 내려다보았다. 오래된 식당들과 여인숙이 보인다. 한때 사람들로 붐비고 활기찼던 모습이 그려진다. 지금은 쉽게 볼 수 없는 풍경이 과거의 번성을 말해주고 있다. 이곳은 석탄 운송의 중심이었다. 눈이 펑펑 내리는 한겨울의 추위도 석탄을 싣는 사람과 기차의 열기로 녹았을 것이다. 지금은 석탄이 보이지 않고 동네에 굴러다니는 연탄재만 보인다. 다 타고 남은 흰 연탄재처럼 마을의 열기는 사라졌고 적막이 남았다.

마을을 한 바퀴 돌다가 재미난 풍경을 발견했다. 어디서 검정 석탄을 묻혀 온 것 같은 검은 닭들이 떼 지어 있었다. 열 마리는 넘는 것 같다. 보고 있으니 웃음이 났다. 녀석들이 아직 이곳의 활기는 끝나지 않았다고 말하는 듯했다. 나를 보더니 도망가지 않고 오히려 다가온다. 순간 움찔했지만 이내 녀석들에게 말을 해본다.

"너흰 어디서 그렇게 시커멓게 석탄을 묻혀 왔니?"

혼자 웃으며 다시 역으로 향한다. 마주선 석항역이 아까보다 더 쓸쓸해 보인다.

"겨울이니까! 겨울이니까!"

역 앞에 글이 보인다. "노스탤지어 석항." 향수, 그리움…… 석항에 딱 맞는 말로 보인다. 나도 석항역에 그리움을 한 줌 남기고 돌아선다. (2018. 1. 14)

석항역

・ ・ ・

강원도 영월군 중동면 석항역길 15(석항리 213번지).

태백선 역으로, 화물차만 정차한다. 석항은 전국에서 가장 많은 석탄이 모이던 곳으로 1980년대에는
연간 유동 인구가 29만 명을 넘었다. 광산업 쇠락 후 이용객이 줄다가 현재는 여객영업이 중단되었다.
지금은 객차를 활용한 펜션이 역 앞에 있다.

간이역 추억과 희망을 저장한

춘천 경강역
(그리고 백양리역)

경강역이라는 이름은 경기도와 강원도가 맞닿은 곳의 역이라는 뜻이다. 서울과 춘천을 이어주던 기차는 이제 이곳에 서지 않지만 추억은 그대로 남아 있는 역이다.

주변을 휘감는 북한강과 아름다운 산들에 둘러싸인 간이역 일대는 학생들의 MT 장소로도 유명하다. 가평을 지나 춘천 가는 길에 있어 연인들의 데이트 또는 가족 나들이의 경유지가 된다. 근처에는 아침고요수목원이 있다.

경강역에 도착하니 스무 살 무렵에 불렀던 유행가 가사를 절로 흥얼거리게 된다. 역사는 지금도 많은 이들이 찾아오는지 깔끔하게 정돈되어 있다. 역으로 들어서는 길에는 작은 화단이 있고 오른쪽으로 잔디밭이 펼쳐져 있다. 아직 추위가 남은 3월이라 꽃은 보이지 않지만 잔디 위에는 파라솔과 테이블이 있다. 이곳을 찾는 사람들을 위해 준비해놓은 것 같다.

괜히 역으로 들어가는 발길이 느려진다. 동행과 천천히 주변을 살피면서 한 걸음 한 걸음 아주 천천히 역사를 훑어 내리며 들어간다. 이제 거의 모든 간이 역이 그렇듯 기차가 서지 않는 역사의 대합실은 작은 전시관으로 변해 있다. 이곳이 영화 〈편지〉의 무대였음을 알리는 영화 포스터가 우리를 먼저 맞이 한다. 잠시 멈춰 포스터 속 지금은 볼 수 없는 환한 미소의 최진실을 바라보 며 대합실을 지나 역사 뒤편으로 나온다. 뒤돌아보니 적색 벽돌에 붙어 있는 작은 우체통이 보인다.

영화에서 남자와 여자는 여기 경강역에서 처음 마주쳤고 달콤한 사랑을 나 누다 결혼한다. 하지만 남자는 악성 뇌종양으로 세상을 떠나고 여자는 혼자 남아 슬픔에 빠진다. 그런데 죽은 남편에게서 계속 편지가 온다. 이제 서로 가 볼 수 없지만 남자는 아내를 걱정하는 마음과 사랑을 담아 편지를 보내온 다. 남자가 미리 써놓고 역장에게 부쳐달라고 부탁한 편지들이다.

허구의 이야기이지만 그 아련한 감정들이 이 작은 간이역을 물들이고 있다. 그래서 경강역의 작은 우체통은 누군가에게 간절히 전하고 싶은 마음을 상 징하는 것으로 보인다. 눈과 마음으로 작은 우체통에 편지 한 통을 부치고 플랫폼으로 나온다.

다른 간이역들과 다르게 플랫폼이 잘 가꾼 정원 같은 모습이다. 오래된 향나 무와 커다란 전나무 몇 그루가 서 있다. 철길에는 다양한 조형물이 자리 잡 고 있어 더 이상 기차가 오지 않음을 알 수 있다. 왠지 서운함이 느껴졌다.

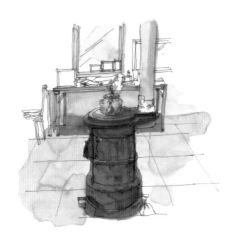

한 바퀴 돌다 보니 '경강 휴게실'이라고 쓰인 곳이 있어 문을 열어본다. 겨울
에 여객들이 차가운 강바람을 피하던 곳 같다. 문을 열고 들어가니 가운데에
커다란 난로가 있다. 나무 장작을 태우는 난로다. 아무도 없는 간이역 휴게
실에서 우리는 난로에 손을 내밀고 몸을 녹여본다. 예전에는 사람들이 난로
주위에 옹기종기 모여 얼은 손과 마음을 녹였을 것이다. 활활 타는 난로 위
로 큰 양은주전자가 놓여 있고 뜨거운 김이 모락모락 올라갔을 것이다. 누군
가는 이곳에서 기다리고 누군가는 이곳을 떠나고, 사람들은 겨울 간이역의
난로 앞에서 무슨 생각을 했을까.

휴게실을 돌아본다. 천장이 높다. 구석에는 공사를 하다 남은 자재들이 있
다. 그리고 벽면 여기저기에는 각자의 소망을 적은 메모지가 빼곡히 붙어 있
다. 깨알 같은 글씨로 사랑을 담고 희망을 담았다. 저마다의 추억과 희망을
저장해놓은 간이역.

경강역을 나온다. 춘천 방향으로 한 정거장만 가면 구 백양리역이다. 여기에도 잠시 들러본다. 내가 가는 곳은 폐역이 된 옛 역으로, 경춘선 백양리역(엘리시안강촌역) 신역이 따로 있다.

백양리역은 작은 마을 앞에 있는 그야말로 작은 간이역이다. 역사가 상하행선 두 철길 사이 플랫폼 위에 있고, 철길이 곡선을 그리며 지나간다. 기차가 서던 시절에 잠시 딴생각을 하다가 반대 방향으로 탄 사람도 있을 것 같다.

여기 대합실도 역에서 쓰던 예전 물건들이 전시되어 드문드문 찾아오는 여행객을 맞이하고 있다. 난로가 있고 그 위로 양은주전자가 있다. 한쪽 벽면에 추억과 희망을 적어둔 메모지가 가득 붙어 있다. 우리도 거기에 소망을 적어본다.

춘천으로 가는 길목에서 만난 오래된 작은 간이역 두 곳. 역과 역 주위로 아름다운 풍경이 있었다. 추억이 담긴 이곳에 가면 그 시간이 다시 추억이 될 것이다. (2018. 3. 21)

백양리역에 담긴
당신의 추억을 들려주세요

경강역

. . .

강원도 춘천시 남산면 서백길 62-52(서천리 230).

경춘선 역으로 1939년 영업이 시작될 때는 서천역이었다. 하지만 충청남도 서천역과 이름이 같아서 1955년 경강역으로 바뀌었다. 경기도와 강원도의 접경에 있어 두 지역 앞 글자를 따서 지었다.

2010년 복선 전철 경춘선이 개통되면서 역사를 이전하고 굴봉산역으로 개명하였다. 옛 자리에 남은 구 경강역은 폐역이다. 영화 〈편지〉의 촬영지로 유명하며, 현재 레일바이크가 운영되고 있다. 근처에 아침고요수목원이 있다.

백양리역

. . .

강원도 춘천시 남산면 북한강변길 910-14(강촌리 587).

경춘선 역으로 1939년 영업을 시작했다. 상하행 철로 사이 플랫폼 위에 역사가 있다. 2010년 복선 전철 경춘선이 개통되면서 신역사 백양리역(엘리시아강촌역)으로 기능 이전하였다. 옛 자리에 남은 구 백양리역은 폐역이다.

남양주 능내역

양평 석불역

양평 구둔역

서울 화랑대역

PART 02

서울 · 경기권

. . .

팔당과 북한강의 추억

남양주 능내역

❀ 춘천 가는 기차를 타
면 거쳤던 능내역은 이제 기차가
서지 않는다. 여행자에게는 추억
으로 사라진 기차역이지만, 지금
은 연인과 가족이 또 다른 소박한
추억을 담고자 찾는 서울 근교의
예쁜 간이역이다. 기차는 안 보이
지만 나들이를 나온 사람들의 즐
거운 모습이 보인다. 옛 정취와 함
께 아기자기하게 잘 꾸며서 유지
되고 있다.

내가 간 4월의 능내역은 벚꽃과 개
나리가 흐드러지게 펴 있었다. 마
치 희고 노란 눈이 오는 것 같았다.
주말에 데이트를 나온 연인들이
빨간 우체통 옆 나무의자에 앉아
사진을 찍는다. 모두가 봄을 즐기
고 있다. 기차가 다니지 않는 철로
에는 기차 카페도 있다.

능내역은 북한강으로 가는 길목에 있다. 지금은 철길 옆으로 자전거 도로가
나서 많은 자전거가 기찻길과 나란히 달린다. 또한 모여 앉아 과거의 추억
을 두런두런 이야기할 수 있는 오래된 가게가 역 앞에 있다. 전을 파는 곳인
데 그늘 아래 테이블에 앉아 파전과 막걸리 한 통이면 추억을 소환하기에 충
분해 보인다. 풋풋한 어린 시절 기차간에서의 추억이 파전과 함께 안주가 될
것만 같다.

달달한 막걸리 대신 쓴 커피를 한잔하며 잠시 의자에 앉아본다. 어느새 많은 사람들이 능내역을 거닐고 있는 모습이 보인다. 커피를 들고 철길을 건너역의 뒤쪽으로 가본다. 거기에 마을로 이어지는 좁은 골목길이 있다. 골목에서서 능내역을 바라보면 골목 끝에서 막아선 마지막 집처럼 보인다. 그래도역의 문이 활짝 열려 있어 언제든 편하게 맞을 준비가 되어 있다.

골목에서 만난 오래된 집들은 아직도 과거의 모습을 그대로 유지하고 있다. 그러나 주변에는 많은 변화들이 일어나고 있다. 예쁜 카페와 식당이 옛 집들과 대조되는 풍경이 낯설다. 과거와 현재가 한자리에 있는 것 같다. 그래도 내 눈과 발길은 현재가 아닌 과거를 향하고 있었다.

돌아오는 길에 문득 저 능내역도 언젠가 사라지겠지라는 생각이 스쳤다. 한 편으로는 사라질 것들이기에 그림에 담았다는 생각도 든다. 그림에는 그리던 내 마음도 담긴다. 그래서 그림은 추억이다. 능내역이 좋은 추억으로 남기를 기대해본다. (2017. 4. 10)

능내역

• • •

경기도 남양주시 조안면 다산로 566-5(능내리 131-1).

중앙선 역으로 1956년 역무원 없는 간이역으로 시작, 1967년에 보통역으로 승격, 2008년에
폐역되었다. 근처에는 경의중앙선 운길산역이 생겼다. 기념물로만 남아 있으며 일부 철길이 남아
보존되고 있다. 역 앞으로 자전거길이 지나고 인근에 다산유적지가 있다.

간이역 동화 속 그림 같은

양평 석불역

✽ 간이역을 가려는데 비가 내렸다. 여름에는 비와 간이역도 잘 어울릴 것 같아 가기로 했다. 모든 걸 시원하게 씻어주는 비가 내리는 날의 간이역이 기대되었다. 오늘은 동화 속 집 같은 모습을 간직한 양평 석불역을 향한다. 물론 가기 전에 사전 조사를 해보았다. 지금의 역사는 과거의 모습과 다르다. 예전에는 여느 간이역과 비슷한 구조였으나 최근에 새롭게 변모했다고 한다.

비가 내리는 날은 그냥 밖으로 나가는 것 자체가 좋다. 즐거운 마음으로 열심히 달려 도착했다. 석불역을 보자마자 "와!" 하는 감탄이 나왔다. 주변은 평범한 시골 풍경인데 석불역만 빨갛고 파란 예쁜 색으로 혼자 돋보이며, 들판 한가운데 우뚝 서 있었다. 요정들이 살 것 같은 모습이었다. 비가 제법 많이 내렸지만 우산을 받쳐 들고 화판을 펼쳐 역사를 그려보았다.

바람이 불고 스케치북에 빗물이 튀어도 그리는 내내 웃음이 나왔다. 동화 같은 간이역 때문에 나도 아이가 된 것처럼 즐거웠다. 어릴 적 비가 내리면 마당에 우산 두 개를 펼쳐 세우고 마치 집인 것처럼 놀았던 기억이 난다. 석불역 앞에서 우산을 쓰고 그림을 그리고 있으니 그때의 기분이 되살아났다. 그래서 자꾸 웃음이 나왔다.

기차는 하루에 상하행 각 두 편만 정차한다고 한다. 그래서 시간이 되어야 플랫폼에 들어갈 수 있는 문이 열린다. 그림을 그리는 동안에 기차가 다녀갔다. 비 오는 석불역을 그린 후 우산을 든 채 역 주변을 잠시 돌아보았다. 작은 하천과 마을이 전부다. 짧은 시멘트 다리를 지나니 참깨밭이 펼쳐진다. 참깨꽃이 하얗게 피어 있다. 그 위로 빗방울이 통통 튀는 모습이 예뻤다.

다리를 지나 다시 바라본 석불역. 간이역에 비가 내리기보다는 간이역이 비를 맞고 있는 것 같았다. 다리 양쪽에는 나무로 만든 가로등이 있다. 빗물을 잔뜩 머금어 짙은 밤색이 되었다. 삐딱하게 기울어진 모습이 빛을 더 잘 비추려고 안간힘을 쓰는 것 같았다. 아무것도 아니라면 아무것도 아닌 풍경들. 하지만 이런 풍경에 마음이 더없이 편안해진다.

조금 더 가다 보니 큰길에 마을버스 정류장이 있다. 그곳에는 동네 어르신들이 지팡이 대신 사용하는 보행차가 주인을 기다리고 있다. 아무도 없는 텅 빈 정류장도 혼자서 비를 맞고 있었다.

주변의 옥수수와 농작물도 비를 맞으며 시원하게 여름날을 즐기고 있었다. 정류장에서 고개를 돌리니 농가 한 채가 보였다. 자세히 보니 경운기 본체 옆에서 귀여운 강아지가 나를 빤히 보고 있었다. 내가 아무런 반응이 없자 귀찮은 듯 돌아서 자기 집으로 들어갔다.

나도 허허 하고 웃으면서 다시 석불역으로 걸어간다. 짧은 시간 동안 그림을 그리고 주변을 잠시 둘러봤을 뿐인데 모든 것을 본 듯한 기분이다. 아마도 석불역은 비와 함께한 기억으로 남을 것 같다. (2019. 7. 29)

석불역

. . .

경기도 양평군 지평면 망미리 1319-2.

중앙선의 역으로 지평역과 일신역 사이에 있다. 1967년 보통역으로 영업을 시작했고,

2008년 역무원이 없는 간이역이 되었다. 2012년에 역사를 이전하며 지금의 모습으로 지어졌다.

구 석불역은 폐역이 되었다.

노란 물결이 이는
아름다운 가을 간이역

양평 구둔역

꘎경기도 양평의 구둔역에 도착했다. 역사 주위가 온통 노란 물결이다. 구둔역에는 깊은 가을이 있었다. 역 주위에는 커다란 은행나무가 있고, 철길을 따라 코스모스가 끝없이 펼쳐져 있다.

간이역을 찾아가는 길. 차창으로 지나가는 풍경을 보면서 궁금하기도 했다. '작은 마을과 논밭만 보이는데 여기에 진짜 기차가 다니던 역이 있다고?' '기차를 타기 위해 이렇게 외진 곳까지 와야 했을까? 아니면 외진 곳에 있는 사람들을 위해 기차역이 있었던 걸까?' 간이역은 늘 그 존재만으로 신비롭다. 논길과 작은 마을길 그리고 나지막한 산 하나를 끼고 올라가니 작은 역이 하나 나온다. 역 입구부터 벌써 노란 물결이 펼쳐져 있다. 어떻게들 알고 왔는지 좁은 주차장에 이미 차들이 가득하다. 인기 있는 간이역인가 보다. 주차를 하고 다시 정면에서 역을 바라본다. 커다란 나무가 역을 감싼 풍경이 참 좋다.

문을 열고 대합실로 들어갔다. 구둔역은 이제 기차가 서지 않는 곳이라 다른 폐역들과 비슷한 풍경이다. 과거의 물품과 사진만 남아 기차가 다니던 때의 추억을 건넨다.

낡은 의자와 타자기, 통기타, 하루씩 찢어 새날을 맞이하는 달력, 그리고 예전의 사진들이 담긴 액자가 이제는 여객이 아닌 관광객을 맞고 있다. 매표소는 예쁜 카페로 운영되고 있다. 그 안에서 사람들이 삼삼오오 모여 커피를 마시고 이야기를 나누고 있다.

짧은 개찰구를 지나 플랫폼에 들어서니 고양이 몇 마리가 보였다. 사람이 익숙한지 이내 다가와 내 무릎에 몸을 비볐다. 역을 지키고 있는 녀석들이 더없이 따뜻한 환영의 인사를 해준다. 그 뒤로 눈인사를 건네는 존재가 있어 고개를 들어 보았다. 노란 잎이 무성한 커다란 은행나무가 이 오래된 작은 역을 늘 지켜왔나 보다.

구둔역에는 소원나무와 고백의 정원이라는 특별한 공간이 있다. 이곳을 찾은 가족과 친구들이 소원을 빌고, 연인들이 고백을 해보는 곳이라니 나름의 재미가 있다. 그런 모습들이 다정해 보였다. 소원나무 아래에는 작은 돌들이 많다. 거기에 각자의 소원과 희망이 가득 적혀 있었다.

구둔역의 주인공은 오래된 커다란 은행나무인 것 같다. 노란 은행잎이 구름처럼 펼쳐진 나무 아래서 사람들이 맘껏 포즈를 잡고 사진을 찍고 있다. 모두가 행복한 표정이다. 눈을 돌려 철길을 보는데 눈이 멈췄다. 엄마와 어린 아들이 철길 위에서 다정히 웃으며 이야기를 나누고 있었다. 이제 기차가 오지 않으니 안심해도 된다는 말을 해주는 걸까. 그 모습이 아름다워 보여 화폭에 담았다.

한참을 그리다가 제법 긴 플랫폼에 올라 역을 보았다. 노랗게 익은 은행나무와 철길을 따라 길게 펼쳐진 빨간색, 분홍색 코스모스가 가을날의 평화를 만끽하게 해준다. 이제 해가 지고 있다. 나지막한 산 너머로 노을이 걸리는 풍경을 뒤로하고 역을 나왔다. (2017. 10. 24)

구둔역

. . .

경기도 양평군 지평면 구둔역길 3(일신리 1336-2).

중앙선 역으로 1940년부터 영업을 시작해 2012년에 폐역되었다. 2006년에 '양평 구 구둔역'으로 등록문화재 지정되었다. 현재 역무실은 카페로 꾸며 운영하고 있고, 역사 옆에 고백의 정원이라는 공간을 마련하는 등 총 9개의 테마공간이 있다. 구둔역은 영화 〈건축학개론〉에서 젊은 시절의 두 주인공이 철길을 걷던 장면과 가수 아이유의 〈꽃갈피 둘〉 앨범 재킷 촬영지로도 알려져 있다. 근처에는 막걸리로 유명한 지평양조장이 있다.

서울 안에 숨은 옛 추억

서울 화랑대역

간이역은 도시보다는 시골 가까운 곳에 있다고 생각했다. 당연히 서울에는 없을 것이라 생각했는데 찾아보니 의외로 몇 군데 있다. 신기하기도 하고 기대가 돼서 그중 역이 잘 보존되어 있는 화랑대역을 가보았다.

화랑대역은 누구나 알 만한 곳들로 둘러싸여 있다. 바로 옆에 육군사관학교가 있고 근처에 태릉선수촌도 있으며 여러 대학들이 주변에 있다.

화랑대역에 들어서자마자 화랑의 동상이 보였다. 말을 탄 채 활을 쏘는 화랑의 모습이 생생했다. 태릉선수촌과 육군사관학교의 기상이 화랑의 모습으로 전해지는 것 같았다.

역은 잘 정리되어 있어 마치 공원에 온 듯했다. 서울 도심에서 만난 다른 세상처럼 느껴졌고 차분한 분위기가 감돌았다. 겨울이었지만 아늑한 주위 풍경 때문에 포근하게 느껴졌다.

일단 화랑대역을 둘러보았다. 늦은 오후 시간이라 그런지 역사는 들어갈 수 없었다. 안에도 다양한 볼거리가 있는 것 같은데 아쉬웠다.

외부에서 바라본 역사는 잘 가꾼 주택처럼 보였다. 푸른 지붕과 노란 벽 그리고 벽돌의 색이 잘 어울렸다. 주변의 나무들도 잘 가꾸어져 있어 모든 외관이 깨끗해 보였다.

역사 뒤로 가면 마치 60년대로 갈 것만 같았는데, 실제로 그렇게 되었다. 플랫폼으로 들어서니 오래된 전차 한 량이 우리를 기다리고 있었다! 곧 출발할 것만 같았다. 그리고 석탄을 가득 실었을 것 같은 증기 기관차도 있었다. 당장이

라도 시커면 연기를 뿜으며 달려갈 것 같았다. 화랑대 간이역에 이제 기차는
다니지 않지만, 그 철로 위에 이렇게 오래된 전차와 열차가 나란히 전시돼
있다. 서울의 간이역에서 느끼는 특별한 여유와 풍취를 더해주었다.

플랫폼을 따라 여기저기 구경하다가 철길 위로 걸을 수 있다는 걸 알고 냉큼 뛰어들었다. 철길이 만나고 분리되며 좁아지고 넓어지는 곳에서 사람들이 힘껏 다리를 벌려 기차가 된 것처럼 철길 위를 지난다. 가족과 연인들이 철길 위에서 즐거운 오후를 보내는 풍경이 평화로워 보였다. 가족끼리 친구끼리 소박하게 즐거운 시간을 보낼 수 있는 곳이 참 가까이 있다는 생각이 들었다.

생각보다 넓게 펼쳐진 역내에 또 다른 멋진 풍경이 보였다. 이번에는 유럽의 거리에서 만날 수 있는 트램이 있어서 달려가 보았다. 빨간색의 트램은 금방이라도 프라하의 도심을 달릴 것만 같았다. 겨울이 아닌 봄이었다면 주변에 핀 벚꽃들과 어울려 더 멋진 풍경이 되었을 것 같다.

기억에서 잊혀졌지만 그 자리에 늘 그대로 있는 간이역. 그런 곳이 서울 안에도 있다는 것이 신기했다. 멀리 가지 않아도 멀리 온 것 같은 특별한 공간, 오늘 머무르지만 오래전 그날로 돌아간 것 같은 설레는 공간. 같은 서울 하늘 아래지만 너무나 다른 분위기를 풍기는 곳이 화랑대역이었다. 지금처럼 오래도록 함께하는 공간이 되길 바란다. (2019. 1. 19)

화랑대역

• • •

서울특별시 노원구 화랑로 608 (공릉동 29-2).

경춘선 역으로 1939년 태릉역으로 영업을 시작했다. 1958년 육군사관학교(화랑대)가 인접해
위치하면서 화랑대역으로 이름을 바꾸었다. 2010년 경춘선 복선 전철화 사업에 의해 폐역되었다.
역사는 국가등록문화재 제300호로 지정되었고, 2018년 철도공원이 조성되었다.

군산 임피역

남원 서도역

보성 명봉역

PART 03

전라권

· · ·

아픈 역사가 느껴지는 역

군산 임피역

❀ 군산은 시가지뿐 아니라 도시 전체가 근대문화와 관련 깊다. 근대문화라고 애매하게 말하기는 하지만 정확히 말하면 일제시대의 문화라고 봐야 할 듯하다. 군산에는 일본식 가옥과 당시의 모습이 남은 곳들이 도처에 있다. 군산의 유명한 한 일본식 가옥에서는 여러 시대극이 촬영되기도 했다.

오늘 찾은 술산리의 임피역 또한 근대문화로 지정되었다는 사실을 뒤늦게 알았다. 사실 처음부터 가려고 계획했던 곳은 아니다. 군산을 여행하다가 우연히 찾게 된 간이역이다. 하지만 오히려 특별한 역을 발견한 기분이다. 임피역에는 역사를 보여주는 다양한 조형물과 공원이 조성되어 있다.

대합실 내에는 여러 개의 이젤들이 놓여 있고 그 위로 임피역의 역사를 보여주는 보드와 사진들이 잔뜩 걸려 있다. 플랫폼으로 나가 보니 작은 공원이 있다.

임피역에 기차는 정차하지 않지만 여전히 그 앞 철길로 기차는 지나간다. 그래서 철로 진입은 차단되어 있다. 마침 기차 한 대가 철길을 울리며 다가온다. 난간에 기대어 기차가 지나가며 이는 바람을 한껏 느껴본다. 빠른 기차도 아닌데, 바로 앞에서 엄청난 굉음과 함께 순식간에 지나간다. 그런 기차를 사진에 담은 후 그림으로 옮겨본다.

플랫폼에서 나와 역사를 한바퀴 돌아보니 볼거리가 참 많다. 기차를 개조해
만든 전시 공간과 다양한 이야기를 보여주는 조형물, 시간이 거꾸로 가는 시
계탑, 항일항쟁사가 새겨진 조형물 등이 있어 마치 역사공원(歷史公園)에 있
는 것 같다.

하지만 정작 내 발길을 머물게 한 곳은 임피역 앞 작은 마을의 골목 풍경이다. 내가 좋아하는 그림 소재들이 가득하다. 마을 전체가 내려다보이는 곳이 있다면 스케치북에 담아보고 싶지만 적당한 곳이 없다. 아쉽지만 골목을 다니며 다양한 옛 흔적을 담아본다. 특히 녹슨 철대문이 달린 옛 일본 주재소 건물이 인상적이다.

녹슨 양철 정미소와 이미 영업을 중단한 중국집, 지팡이를 든 채 누군가를 기다리는 할머니, 그 뒤로 보이는 오래된 건물들. 그 모든 풍경 앞에서 마치 오래전으로 돌아간 기분이 든다. 모든 것이 그대로인데 시간만 속절없이 흘렀다. 풍화에 낡은 사물들이 덤덤하기만 해 더 아련한다.

역 안에 전시된 내용에서 보았다. 임피역전 일본 주재소는 옥구농민항일항쟁의 현장이다. 지금은 이렇게 평화롭고 조용하지만 더없이 격렬했던 역사를 간직한 곳이 임피역이다. 군산은 시대를 간직한 만큼 아름답고도 슬픈 곳이다.

지나간 역사를 더듬듯 골목을 둘러보고 다시 역광장으로 온다. 임피역을 바라보며 전경을 살핀다. 시간이 고여 있는 듯한 이 느낌은 설명이 어렵다. 이곳의 사연이 너무 짙어서 와야만 알 수 있다. (2017. 9. 27)

임피역

• • •

전라북도 군산시 임피면 서원석곡로 37(술산리 226-1).

1936년경 군산선으로 시작되어 2008년 장항선에 편입되었고 같은 해 여객 취급을 중단하였다. 일제가
전라도 지역의 농산물을 군산항으로 나르기 위해 지은 역이다. 2005년에 등록문화재 지정되었다.
서양식 역사와 일본식 가옥 형태가 혼합된 건축이 비교적 잘 보존되어 있다. 일제강점기에 역을 이용하던
주민과 일제의 수탈 과정을 재현한 인물상들이 역사 안팎에 전시되어 있다.

호롱의 향이 가득한 곳

남원 서도역

❀남원 하면 먼저 떠오르는 것이 춘향전이다. 하지만 오늘 찾을 곳은 소설《혼불》의 배경으로 남원의 중심에서 떨어진 서도리라는 곳이다. 거기에 서도역이 있다.

서도역을 검색하니 구 서도역과 신 서도역이 나온다. 서로 가까운데 구 서도역이 오늘 가는 간이역이다. 시골길을 따라 도착한 서도역은 그동안 봐온 간이역과는 한눈에 봐도 달랐다. 역사가 목조 건물이다. 긴 나무 널로 만든 역사가 인상적이다.

역사 앞에 큰 나무가 있는데 마치 역을 지키고 있는 듯 당당해 보였다. 아쉽
게도 역사는 개방돼 있지 않아 들어갈 수 없었다. 플랫폼과 철길은 공원으로
조성돼 마음껏 다닐 수 있었다. 철길에는 역의 오래된 구조물들이 있어 옛
정취를 느낄 수 있었다. 당연히 지금은 기차가 다니지 않는 철길이다. 관광
객을 위해 철길의 일부를 보존해두었다.

철길 위에 올라서 기차가 된 듯 걸어본다. 철길 위에 흰색 펜으로 이런 저런 사연들이 적혀 있다. 역 입구에 있던 빨간 우체통과 그 앞으로 다녔을 기차도 사연을 실었을 것이다. 남아 있는 철길의 끝까지 가보기로 했다. 천천히 나무 그늘을 따라가다 보니 멀리서 기차가 올 것만 같았다.

푸른 나무 아래로 길게 휘어진 철길의 끝. 저 끝에서 흰 연기를 내뿜으며 기차가 올 것 같다. 철길을 걸을수록 시간이 자꾸만 뒤로 가는 것 같다. 아련한 기억 속으로 들어가는 기분이다.

서도역 근처에는 혼불문학관이 있다. 소설을 읽지 않았지만 서도역에 있는 동안은 다른 시간에 있는 것 같다. 그래서 서도역을 나서는 시간을 미루는 것 같다. 역을 벗어나면 다시 현실세계라서.

철길 건너편 플랫폼에서 한참 동안 역을 바라보고 멍하니 서 있어본다. 그러고 시간을 뒤로한 채 한 걸음 한 걸음 철길을 건너 다시 현실로 나왔다. 다시 역사 주변을 한 바퀴 빠르게 둘러보고 이곳을 떠난다.

역을 나와 마을도 한번 더 살펴본다. 조금 낯설게 느껴지는 교회가 보인다. 그냥 그려본다. 그렇게 서도를 떠난다. (2017. 9. 27)

서도역

. . .

전라북도 남원시 사매면 서도길 23-17(서도리 132-2번지).

전라선 기차역으로 1934년 역무원 배치 간이역으로 시작, 1937년 보통역으로 승격되었다. 2002년
전라선 개량공사를 하면서 현재 위치에 역사를 신축해 이전했다. 2004년 여객 취급이 중지되고,
2008년 역무원 무배치 간이역이 되어 역무실이 폐쇄되었다. 최명희의 소설《혼불》의 무대이기도 하다.

차향 가득한 보성으로
떠나는 기차

보성 명봉역

❀ 보성 명봉역은 내가 있는 곳에서 한참을 달려가야 만날 수 있는 간이역이다. 멀리 가는 만큼 사전 조사도 나름 해보았다. 드라마 〈여름향기〉의 촬영지였고, 지금은 역무원이 없는 무인화역이지만 한때는 예쁘게 가꾼 해바라기밭이 유명했다. 또한 역명은 봉황이 우는 곳이라는데, 떠나기 전부터 여러 가지로 흥미가 생기는 곳이었다.

4시간가량 차를 달려 도착한 명봉역은 아주 작은 시골마을 초입에 있는 작은 간이역이었다. 완연한 가을이라 황금들녘과 코스모스만이 반겨주었다. 역 주변에는 봉황을 상징하는 것처럼 보이는 솟대가 세워져 있었다.

145

2008년부터 무인화역이 되면서 지키는
이가 없다 보니 역 앞에는 코스모스와 가을 잡
초들이 뒤섞여 있었다. 한때 번성했다는 듯 길 건너
에는 떨어진 용달업체 간판과 낡은 기와집이 몇 채 있다.

역 앞부터 안쪽까지 둘러보는 데는 10여 분이면 충분했지만 커다란 벚나무 밑 벤치에 앉아보고 역 앞을 좌우로 몇 번 왔다 갔다 했다. 벚나무 아래에서 명봉역을 바라보니 적벽돌에 그려진 벽화와 파란색 역 간판이 눈에 띈다.

149

지금 명봉역은 가을 코스모스가 차지하고 있다. 이곳에서 느끼는 가을 바람이 그저 좋다. 역사 주변에는 역을 상징화한 몇 개의 조형물이 있다. 풀숲에 새워져 있는 것이 특이해서 몇 번을 다시 쳐다본다.

'넌 어디에 쓰는 물건이니?' 혼잣말을 하고서 역사 안으로 들어가 본다. 마치 누군가를 기다리는 듯 낡고 오래된 벽시계와 빨간 우체통이 있다. 예전의 멋진 해바라기 밭을 찍어둔 사진도 걸려 있다. 무인화가 된 간이역이지만 아직 기차가 다녀서 기차 시간표도 있다. 〈여름향기〉 촬영 당시 사진도 몇 장 걸려 있다. 그 모습이 오히려 아련하다.

플랫폼은 제법 넓고 길었고 잘 정돈돼 있었다. 하얀색의 나무 이정표에서 옛 정취가 느껴졌다. 넓은 플랫폼을 여유롭게 거닐며 기차가 오려나 좌우로 살피기도 한다. 하지만 플랫폼에는 가을 고추잠자리와 바람 소리…… 그리고 어디선가 들려오는 개 짖는 소리!

소리가 나는 쪽을 바라보니 커다란 개 두 마리가 역은 우리 거야 하고 외치는 듯 짖고 있다. 하지만 다가가니 사람이 그리웠는지 이내 꼬리를 부지런히 흔들며 반겨준다. 크게 기지개도 켜고 왔다 갔다 하며 놀아달라고 한다. 잠시 개들과 대화를 나누고 천천히 역을 나선다. 다시 한 번 역을 둘러보고 떠난다.

역을 나와 보성읍으로 방향을 잡고 출발했다. 이내 우측에 제법 큰 마을이 보였다. 마을 입구에 있는 작은 다리를 건너 차를 세우고 내려 마을을 보았다. 잘 꾸며진 정원처럼 보였다. 나무 데크로 만든 길이 수풀 사이로 이어져 있었다. 마을 입구에는 커다란 나무가 우뚝 솟아 그늘을 드리우고 있었다. 마을을 지키고 있는 모습이었다. 순간 저 나무가 봉황인가? 하는 생각이 들기도 했다.

한참 동안 마을을 보고 다시 길을 나선다. 한적한 보성의 시골길을 창문을 열고 천천히 달려본다. 간이역을 나와 천천히 철길 위를 달리는 느림보 기차처럼……

이름도 모르는 또 다른 마을 앞을 지나는데, 커다란 나무와 사당을 보고 다시금 차를 세웠다. 그늘에서 잠시 황금 들녘을 바라보다가 보성을 떠났다.

(2017. 9. 26)

명봉역

. . .

전라남도 보성군 노동면 봉화길 42-20(명봉리 231-3).

경전선 기차역으로 이양역과 보성역 사이에 있다. 1930년 보통역으로 영업을 시작했다. 무궁화호가
운행되지만 2008년 무배치간이역으로 격하돼 역무원이 근무하지 않는다. KBS 드라마 〈여름향기〉
촬영지로 알려져 있다.

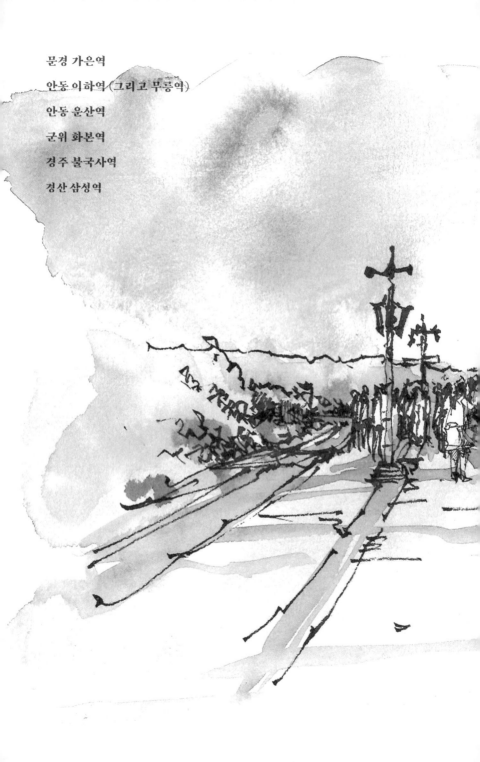

PART 04
경상권
. . .

시간이 멈춘 곳에서
다시 살아나다

문경 가은역

✽ '문경에 간이역이?' 간이역을 검색하다가 문경에 있는 가은 역이 눈에 들어왔다. 조금은 생소했다. 내륙의 작은 도시에 있는 작은 간이 역……. 가봐야겠다 생각하고 사전 조사를 해보았다.

문경에도 석탄박물관이 있다는 사실에 다시 한 번 놀랐다. 석탄하면 강원도 라고 생각했는데, 그중에서도 태백의 철암역과 정선의 석항역에서 탄광의 자취들을 본 기억이 났다. 석탄과 관련된 이야기들이 문경에도 있다는 사실 이 놀라웠다. 여러 호기심을 가지고 문경의 가은역으로 향했다.

마을 입구에 들어서니 예전의 번화함이 아직 남아 있었다. 하지만 그 풍경 그대로 시간이 멈춘 듯했다. 골목마다 오래된 집들이 기다리고 있었고, 그 앞에는 하얗게 타고 남은 연탄재가 쌓여 있다. 오래된 목욕탕이 있고 큰길을 따라 약국과 성당이 있다. 그리고 다방들이 많다. 얼마나 손님들이 찾을지 의문이었다. 다방이 많다는 것은 그만큼 많은 노동자들이 휴식을 취할 공간이 필요했다는 뜻이기도 하다.

지하 탄광에서 종일 시커먼 석탄가루
와 씨름하며 땀 흘리고 나와 푹신한 소
파에 앉아 마시는 달달한 커피나 진한
쌍화차는 하루의 피로를 풀어주는 좋
은 휴식이 되었을 것이다. 어릴 적 아버
지를 따라 몇 번 가보았던 다방의 기억
에도 생생히 남아 있는 모습이다. 그렇
게 1킬로미터 정도 곧게 뻗은 큰길에는
버스터미널이 있고 식당들도 즐비하
다. 그 길의 끝에서 작은 간이역 가은역
을 만났다.

지금(2018년 4월) 가은역은 지붕을 수리하는 중이다. 보수를 위해 지붕에 천을 덮어놓았다. 기차가 다니지 않는 폐역이라 내부는 카페로 운영 중이다. 아기자기하게 꾸며놓은 모습이 옛날의 대합실을 재현한 듯했다.

카페 한쪽에 가은역의 예전 모습을 담은 사진이 있었다. 유심히 보니, 지금의 깔끔한 외관 역시 예전 모습을 유지한 채로 보수된 것이었다. 사진 속의 옛 가은역을 그려본다. 지금은 존재하지 않는 풍경을 그려본다. 오래전 가은역을 그림으로 남겨본다.

역의 뒤쪽으로 나와 보니 예전의 철길이 남아 있다. 거기에 몇 가지 조형물도 설치해두었다. 석탄차를 밀고 가는 광부와 석탄을 캐고 있는 광부의 조형물이 있었다. 가은역의 역사를 기록하려는 노력이 엿보였다.

역을 나와서 앞 골목을 천천히 걸으며 다시 옛 정취를 느껴본다. 이상하게 이런 풍경을 보면 마음이 참 편안해진다. 어릴 적 추억 때문이겠거니 생각하지만 그런 감정이 늘 신기하기만 하다. 머쓱하게 혼자 미소를 띠어보며 골목을 걷는다.

그러다 만난 가은 아자개장터. 지역의 특성을 살려보려는 노력으로 장터를 꾸며놓은 모습이었다. 하지만 자연스럽지 않은 모습 때문에 이질감이 먼저 느껴져 아쉬웠다. 그런 건 마을에 들어서면서 마주친 골목 벽화에서도 느꼈다. 요즘에는 지방자치단체마다 지역 살리기라는 명목으로 예전 모습이나 그 지역만의 특성을 내세우는 경우가 많다. 하지만 조금 더 생각하고 관찰하고 조사해서 신중하게 접근하면 좋겠다는 생각이 든다. 특히 벽화 같은 것은, 정말 전국 어느 소도시를 가도 벽화마을이 없는 곳이 없다. 과연 그것이 마을 발전과 과거를 추억하는 데 얼마나 그 역할을 하는지 의문이 든다.

굳이 그림으로 그곳을 기억하고자 한다면 좀 더 의미 있는 그림으로 전시하면 좋겠다.

혼자 이런 생각을 하며 아자개장터를 둘러보고 나와 다시 가은역으로 걸었다. 큰길에서 마주치는 풍경들이 번성했었던 마을의 이야기를 들려주는 것 같다. 지금은 더없이 조용하고 더디게 시간이 흐르는 곳, 그 길 끝에는 좌절하지 않고 자신의 존재를 알리고 있는 가은역이 있다. 그리고 거기에는 땅속 깊은 곳에서 힘들게 석탄을 캤던 광부의 추억이 여전히 있다. (2018. 4. 15)

가은역

. . .

경상북도 문경시 가은읍 대야로 2441(왕능리 536).

탄광의 석탄 수송을 위해 지어진 역이며, 탄광 폐쇄 후 폐역이 되었고 등록문화재로 지정되었다.

현재는 보수하여 카페로 운영 중이다.

아련한 기억으로 남는 곳

안동 이하역
(그리고 무릉역)

❀ 안동을 돌아다니다가 이하역을 만났다. 이하역은 마치 존재하지 않는 곳처럼 느껴졌다. 출입구는 잠겨 있었고 아무런 이용의 흔적도 남아 있지 않았다. 주차장에는 풀만 무성하게 자라 있었다.

그래서 밖에서만 보았는데, 이상하게도 기억에 선명히 남아 있다. 사실 역까지 가는 길의 풍경들이 너무 좋았다. 시골의 풍경들이 하나하나 기억에 남아 있다. 과연 이런 곳에 왜 역이 있을까 하는 의문이 생기는 곳이었다.

한참 동안 서서 산 아래 펼쳐진 시골 풍경을 바라보았다.
푸른 산과 그 앞의 논과 밭 그리고 농가. 도시와는 너무
나 다르고 조용한 삶의 풍경이 많은 생각을 하게 했다.
역 앞 사거리에 큰 나무가 있다. 그 아래의 집은 한때 이
하역을 이용하던 사람들이 머물고 쉬었을 공간일 것 같
다. 하지만 지금은 사람의 흔적이 남아 있지 않다. 누군
가의 편안한 쉼터, 사랑방이었을 곳들도 시간이 지나면
추억으로 사라진다. 그렇게 사라진 것들도 그 나름의 풍
경을 만든다. 이하역을 나의 기억에 보관하고 이제 근처
의 무릉역으로 향해본다.

이하역을 벗어나 무릉역으로 가는 길은 산길이었다. 15분 정도 달려 무릉역 부근에 도착했다. 이하역과 달리 강을 끼고 있고 넓은 들판 가운데 나지막한 언덕 위에 있었다. 여기도 역시 무인역이고 역 안으로 들어갈 수 없게 막혀 있었다.

그리고 다른 역들과는 다르게 붉은 벽돌로 지은 단출한 역사가 독특했다. 역 사라기보다는 사무실처럼 보였다. 무릉역 바로 옆에 아주 큰 시멘트공장이 있다. 아무래도 이 역은 시멘트공장과 큰 인연이 있어 보였다. 여객보다는 시멘트 운반이 주된 업무일 것 같았다.

무릉역은 평범한 간이역의 모습보다는 화물 취급 사무소라는 느낌이 강했다.
역마다 나름의 존재 이유가 있다는 생각이 들었다. 잠시 살펴본 후 돌아섰다.
돌아오는 길에 넓은 밭이 보였다. 밭 중간으로 좁은 길이 있었고 그 길 끝에
농가가 보였다. 무엇에 홀린 듯 차를 멈추고 좁은 길을 따라 농가로 향했다.
그런데 왠지 걸어가는데 음침한 기운이 느껴졌다. 다가가니 아니나 다를까
버려진 폐농가였다. 기운이란 게 참 무섭다는 걸 새삼 느꼈다.

글을 쓰는 지금도 그때가 떠올라 살짝 긴장이 된다. 농촌의 모습을 많이 그리다 보면 폐가도 많이 그리게 되는데, 가끔 오싹한 기운을 느낄 때가 있다. 멀리서 봤을 때는 아주 아담하고 예쁜 농가 풍경인데 다가가면 전혀 다른 경우가 종종 있다. 한때는 누군가의 따뜻한 보금자리였을 테지만 시간과 함께 기억에서 사라져가는 풍경들이 있다. 사실 그러지 않은 것들이 이 세상에 있을까. 안동의 이하역과 무릉역에서 왠지 모를 쓸쓸함을 느끼며 발길을 돌렸다.

(2019. 5. 12)

이하역

• • •

경상북도 안동시 와룡면 서주길 237-1(이하리 398-1).

중앙선 역으로 1942년 영업을 시작했고 2007년 여객 취급을 중지했다.

무릉역

• • •

경상북도 안동시 남후면 무릉길62-6(무릉리 234-2).

중앙선 역으로 1940년 영업을 시작했다. 2007년부터 여객 취급을 중단하고 화물 운송만 담당한다.

시멘트공장이 인접해 있어 시멘트 화차가 많이 정차한다.

몽실언니의 추억이 깃든
간이역

안동 운산역

　❀안동! 안동은 사실상 자동차로 이동하기에는 우리나라에서 가장 가기 힘들고 먼 곳 중 하나다. 서울을 기준으로 하면 참 멀다.

안동의 간고등어가 유명한 이유는 잘 알 것이다. 높고 험준한 산자락을 넘어 깊은 내륙에 도착하기까지 생선은 소금에 절여져야 했다. 그래서 내륙에서는 간고등어가 별미가 되었다.

운송수단이 발달하면서 해산물을 옮기는 좋은 수단이 기차였을 것이다. 그래서인지는 모르겠지만 안동역 인근에는 유명한 간고등어 식당도 있다.

안동을 왔으니 간고등어 정식을 먹어보았다. 역시 짭조름한 맛이 일품이다. 식사를 하면서 안동의 간이역을 검색해 찾은 곳이 운산역이다. 운산역은 소설《몽실언니》의 무대이기도 하다. 찾아가 보기로 했다.

안동역에서 20여 분을 달려 운산역에 도착했다.

역시 간이역이 있는 마을은 한산한 정취가 느껴진다. 들녘과 함께 조용한 마을 그리고 역에서 조금 떨어진 곳에 위치한 읍내. 그 길을 따라 걷다 보니 아주 옛날의 모습들이 생각난다. 내가 태어나기도 훨씬 전일 텐데《몽실언니》의 한 장면을 지금 여기서 볼 것만 같다.

아마 지금 걷는 이 길은 흙길이었을 테고 주변 농가는 많은 사람이 기차로 다녔던 시골의 마을이었을 것이다. 읍내로 가는 길은 딱 두 곳이다. 지금 걷는 길과 강가를 따라 걷는 길. 그림 속 몽실언니는 동생을 업고서 강가의 길을 걸었을 것 같다.

운산역에 도착했다. 주변에는 버려진 농가들이 남아 있다. 역사 안도 이제 추억만 남은 곳이 되었다. 플랫폼으로 나가 적막을 느껴본다. 그리고 어디선가 들려오는 기차 소리.
내 머릿속에서 들린 소리라고 생각했으나 실제로 기차가 추억의 간이역을 쌩하니 지나간다. 기차가 지나며 불어오는 바람에 짧은 머리칼이 살짝 날리는 느낌이 좋았다.

운산역에서 나와 근처 밭길을 따라 걸었다. 가다 보니 터널이 나왔고 철길
건널목이 나온다. 그곳이 읍내 입구였는데 작은 마을로 연결되어 있다.
철길 건널목을 건너 잠시 멈췄다. 터널을 한참 동안 구경해본다. 스케치북에
담아보고 싶다는 생각을 했다.

다시 농로를 따라 걷다 보니 듬성듬성 집들이 몇 채 보인다. 산 아래의 작은 집들이 옛 모습 그대로 거기서 운산역을 바라보고 있다.

시골집들을 보다가 읍내로 발길을 돌린다. 시골길을 걸을 때는 터벅터벅 발로 바닥을 차듯 걸으면 신이 난다.

어디든 그렇듯 역시 읍내에서 가장 눈에 띄는 건물은 십자가 달린 첨탑이 솟은 교회 건물이다. 일단 읍내로 들어서면 길은 끝이 보일 정도로 짧다. 그 안에 옹기종기 모인 풍경들을 담고 거닐다 여행을 마무리했다. (2019. 5. 12)

운산역

· · ·

경상북도 안동시 일직면 중앙통길 90-4(운산리 63-10).

중앙선 역으로 1940년 영업을 시작했다. 주로 화물을 취급해왔다.

가장 예쁜 간이역

— 군위 화본역 —

✲ 부산에서 드로잉 강의를 마치고 울산 고향집에 가서 하룻밤을 묵었다. 다음 날에 경북 군위군의 화본역에 가볼 생각이었다. 어머니께서 차려주신 아침밥을 먹고 출발했다. 일부러 천천히 가고 싶어 국도를 타고 달렸다. 국도에서 마주치는 풍경들이 좋다. 느리게 가다가 마음에 드는 곳에서 쉬기도 했다. 차를 세우고 풍경을 그리고 사진에 담는다. 그래서 국도가 좋다.

2시간 정도 달리다 보니 군위군에 접어들었다. 화본역을 향해 가는 중에 예스러운 집들이 눈에 들어왔다. 그리고 눈앞의 이정표가 '봉림역'을 가리키고 있었다. 급히 차를 세웠다.
'봉림역? 그런 곳이 있었나? 메모해둔 목록에서 찾아봐야겠네. 어, 그런 곳은 없는데…….'

간이역을 다니기 위해 만들어둔 리스트에 봉림역은 없었다. 가보지는 않았어도 이름은 들어봤음 직한데 낯설기만 했다. 차에서 내려 이정표가 가리키는 방향으로 걸어본다. 살짝 언덕진 곳에 봉림역이 있다. 그 옆으로 보이는 작은 마을 풍경이 너무 예뻤다. 특히 파란 기와지붕 약국이 한참이나 눈길을 멈추게 했다.

'저건 무조건 그려야겠어!' 혼자 다짐을 하고 봉림역으로 가는 비탈길을 올랐다.

그런데 웬걸, 역사를 둘러싼 철책이 입구까지 막고 있었다. 출입이 통제된 간이역인가 보다. 우연히 마주친 역이라서 궁금하기도 했고 기대도 했는데, 아쉬웠다. 적벽돌로 지은 2층 건물이라 외관도 특이했다. 일반적으로 떠올리게 되는 간이역들과는 다른 모습이었다. 철책으로 막힌 역사 앞에는 농기계들만 서 있었다. 아쉬워하며 발길을 돌렸다.

다시 한 번 역이 있는 언덕에서 마을을 바라보고 아까 찜해두었던 약국을 카메라에 몇 컷 담았다. 그리고 화본역으로 출발했다.

5분여를 더 달려 도착한 화본역 인근 마을(화본리)은 제법 규모가 있어 보였다. 그런데 마을에 들어서자 저 멀리 보이는 특이한 풍경 하나가 눈에 먼저 들어왔다. 커다란 굴뚝 같기도 하고 탑 같기도 하고, 도대체 뭔지 알 수가 없었다. 점점 가까워지는데도 여전히 알 수 없는 굴뚝 같은 구조물에 궁금증이 마구 일었다. 차를 세우고 내렸다. 일단 그쪽으로 가보고 싶은 마음을 참고 옆의 화본역으로 향했다.

화본역은 정돈이 아주 잘되어 있었다. 간이역이지만 여전히 기차가 다니고 역무원들이 근무하는 역이다. 깔끔하고 그림처럼 예쁜 모습 때문에 TV 프로그램의 촬영 장소가 되기도 했고, 영화 〈리틀 포레스트〉의 배경이 되기도 했다. 역광장에 세워둔 소개문에는 네티즌이 뽑은 가장 아름다운 간이역이라는 설명도 있다. 그래서인지 지금은 관광객이 제법 많이 찾는 명소이기도 하다.

역광장 나무 아래에 앉아 풍경을 스케치북에 담아보기로 했다. 현장에서 그리면 그곳에서의 느낌을 더 생생히 담을 수 있어 좋다.

30분 정도 화본역을 스케치북에 담고 드디어 의문의 굴뚝으로 향했다. 철길을 건너 나무 담장 사잇길로 들어서 돌계단을 내려가 벚꽃이 핀 좁은 길을 따라 100여 미터를 가니 눈앞에 굴뚝이 나타났다. 물론 가는 내내 그 모습은 계속 보였다.

가까이서 보니 그것은 굴뚝이 아닌 급수탑이었다. 과거에 증기기관차에 급수하던 시설이 아직 남아 있었던 것이다. 이런 것도 모르고 굴뚝이라고 생각했으니 그저 웃음만 나왔다. 급수탑을 오르는 담쟁이넝쿨과 주위에 꽃을 피운 작은 벚꽃나무들이 좋았다.

급수탑에 문이 있어 들어가 볼 수 있다. 급수탑에는 창 모양의 구멍이 나 있고 거기에 밖을 내다보는 소녀와 고양이 상이 있다. 그 모습이 인상적이었다. 그리고 급수탑 안쪽 벽에는 '석탄정돈', '석탄절약'이라는 글이 적혀 있다. 당시에 일하시던 분들이 실제로 적어놓은 것이 아직 남았다고 하니 신기했다. 예전에는 꼭대기까지 물을 끌어올리는 기다란 관이 내부에 있었다고 한다.

급수탑 안에 있으니 새소리가 들렸다. 아주 오래전부터 그 울림이 전해오는 것 같았다. 잠시 동안 아무 생각 없이 새소리만 들었다.

급수탑에서 나와 화본역을 잠시 둘러보고 마을 골목을 따라 걸어보았다. 일본식 가옥과 오래된 집들 그리고 버려진 집들이 보였다. 그래도 이곳은 관광객이 찾는 곳이라 큰길의 상점들에서 나름의 활기를 느낄 수 있었다.

국숫집에 들어가 고기국수를 한 그릇 하고, 차가 있는 곳으로 걸으며 이곳의 여정을 마무리했다. (2018. 4. 15)

화본역

. . .

경상북도 군위군 산성면 산성가음로 711-9(화본리1224-1).

중앙선 역으로 무궁화호의 일부만 정차한다. 2011년에 군위군이 화본역의 옛 모습을 살려 보수했다.

역광장에는 박해수 시 〈화본역〉 시비가 있다. 급수탑이 있는 역으로 유명하고, 폐기차를 이용해 만든

레일카페가 있다. 근처 화본마을 곳곳에는 《삼국유사》를 주제로 한 벽화들이 있고, 폐교된 중학교에는

1960~70년대를 추억하게 하는 전시관이 있다.

봉림역은 화본역과 갑현역 사이의 역으로 현재는 신호장 역할만 하고 있다. 직원이 철수하여 역사를

철책으로 차단하였다.

우리의 추억이 가득한 곳

경주 불국사역

❀ 내 고향은 울산이다. 지금은 경기도 용인에 살고 있으며 주로 수원과 서울에서 활동한다. 가끔 고향을 방문할 때면 바로 울산으로 가지 않고 일부러 경주를 거쳐 가고는 한다. 몇 시간을 빠르게 달리다가 영천을 지나 경주가 보이면 왠지 천천히 가고 싶어진다. 그래서 늘 고속도로에서 경주로 나가 울산 집까지 국도로 간다. 경주에서 울산으로 이어지는 국도에 불국사역이 있다. 고향집에 가던 어느 날 불국사역에 들렀다.

불국사역은 여전히 기차가 다니고 사람들이 타고 내린다. 나는 기차를 타지 않지만 플랫폼까지 걸어 들어갔다. 사람들과 섞여 마치 기차를 탈 것처럼 서 있어본다. 때마침 멀리서 기차가 다가온다.

기차가 작은 점처럼 보이다가 점점 크게 다가온다. 고속열차 노선이 없는 역에 기차는 천천히 플랫폼으로 입장한다. 저 멀리 나의 어릴 적 추억도 천천히 다가오는 듯하다. 내리고 타는 사람들도 급할 것이 없는 듯 모두 천천히 움직여 여유롭게 타고 내린다. 잠시 멈췄던 기차는 천천히 플랫폼을 떠난다.

기차가 완전히 사라진 것을 보고서야 플랫폼을 나왔다. 역 여기저기를 잠시 둘러보고 역 광장으로 나왔다. 역을 보다가 문득 혼잣말을 했다. '역이 이렇게 작았나?' 어릴 적 내가 왔던 불국사역은 사람이 많았고 역도 꽤나 크게 느껴졌었다. 역사 뒤편에 붉은 하트가 더 깜찍하게 보였다.

한참을 바라보다 불국사 쪽으로 걸었다. 사실 불국사까지는 제법 멀어서 차를 타고 가야 하는 거리다. (4킬로미터에 가까운 거리다.) 그 옛날 고교 시절에 친구들과 함께 불국사에 갈 때 역에서 내려 불국사까지 걸어갔다. 가면서 노래를 불렀고 뛰기도 했고 걷기도 했다. 그때를 생각하면 지금도 웃음이 난다. 무작정 걷는 것이 멋있다고 생각했던 그때와 다르게 오늘은 큰길을 건너 불국사로 가는 버스정류장에서 발길을 멈췄다. 거기에 큰 나무와 비석이 있다. 그 유명한 노래 〈신라의 달밤〉 가사가 새겨진 비석이다.

사진도 찍고 앞뒤를 살펴본 후 불국사 쪽이 아닌 경주 쪽 큰길로 가본다. 늘
지나가면서 봤던 작은 사당이 보고 싶었다. 차를 타고 지나다 보면 늘 내 눈
에 들어왔던 사당이다. 볼 때마다 그려보고 싶다는 생각을 했는데 오늘은 꼭
가보기로 마음먹었다.

오래된 풍경을 보면 자연스레 눈길이 한 번 더 간다. 습관이 되었다. 사당과 주변은 풀과 나무가 잘 정돈돼 있었다. 요리조리 훑어보고 화폭에 담기 위한 사진을 찍고 돌아섰다. 불국사역 뒤로 넓은 들판이 펼쳐져 있다. 그곳도 한 번 둘러보고 철길 쪽으로 갔다.

철길을 건너자마자 창고 같은 건물도 있고 멀리 마을도 보인다. 마을까지는 차마 가지 못하고 멀리서만 보다 불국사역으로 돌아섰다. 천천히 도착한 불국사역을 또 한 번 바라보고 손을 흔들어 인사했다. 다시 울산 고향집으로 향하는 차 안에서 어릴 적 추억을 계속 떠올렸다. (2017. 10. 5)

불국사역

. . .

경상북도 경주시 산업로 3043-8(구정동 497번지).

동해선에 있는 기차역으로 1918년 영업을 시작했다. 무궁화호가 운행되고 있으며 여객,

승차권발매 업무를 담당한다. 100년이 넘은 역이며, 인근에 불국사가 있다.

멀리서는 보이고 가까이
가면 보이지 않는 간이역

경산 삼성역

❀ 내비게이션의 안내에 따라 경산 삼성역을 가고 있었다. 목적지에 거의 다 왔을 즈음 좁고 오래된 다리 하나가 나왔다. 도저히 차량이 건너갈 수 없어 보였다. 차에서 내려 다리 건너편을 보니 숲만 보인다. '뭐지?' 두리번두리번 산 쪽을 자세히 보니 간이역사가 보이긴 했다. '저길 어떻게 가야 하나?'

일단 차를 돌려서 큰길로 나가려고 했는데 방금 지나왔던 좁은 골목에서 아까는 보지 못한 풍경들이 보였다. 오래되고 낡은 건물들이 눈에 들어온다. 다시 차에서 내려 천천히 골목을 둘러보니 감이 왔다. 아마도 예전에는 저 다리를 건너 삼성역으로 오가는 사람들이 많았다는 것을 알 수 있었다.
간이역 앞에 있을 법한 작은 가게들이 다리 이쪽에 있었다. 한 곳은 이미 문을 닫은 지 오래돼 보였다. 또 다른 건물의 1층도 문을 닫았고 2층은 사람이 사는 듯했다. 분명 간이역으로 가는 새로운 길이 다른 곳에 생겼을 것이다.

삼성역으로 가는 다른 입구로 차를 몰았다. 가는 길에 공장들이 많이 보였다. 역으로 가는 새로운 입구 역시 아주 좁다란 길을 따라가야 했다.

사실 주차를 하고 내렸다가 도저히 여기가 아닌 듯해서 나왔다가 다시 다른 길로 들어갔다. 좁은 찻길을 따라 100여 미터를 걷다 보니 드디어 꼭꼭 숨어 있던 삼성역이 보였다. 정말 찾기 힘든 간이역이다. 역사 앞에는 작은 광장과 계단이 있다. 그리고 처음 도착해 보았던 다리가 보이는 풍경이 펼쳐진다.

역사는 다른 간이역과 크게 다르지 않은 형태였다. 역내를 지나 플랫폼으로 가려 했으나 철조망으로 이미 출입이 통제되어 있었다. 그리고 나를 보고 깜짝 놀란 역무원이 들어가면 안 된다고 주의를 주었다. 여기 사람이 왜 왔지 하는 표정이었다. 플랫폼은 들어갈 수 없지만 역사와 주변은 볼 수 있었다. 잘 정돈되고 유지되어 깔끔해 보였다.

여기서 기차를 탈 수는 없지만 철길로 기차가 다니기 때문에 플랫폼을 철조망으로 막아둔 것 같았다. 내가 갔을 때도 기차는 수시로 지나갔다.

간이역을 보면 언제나 소박함을 느낄 수 있다. 잠깐만 둘러봐도 그곳을 금새 알 수 있다. 작은 마을 곳곳에 이런 간이역들이 숨어 있다.

다시 좁은 길을 따라 차가 있는 곳에 오니 역시나 아까 보이지 않던 주변 풍경들이 다시 보인다. 요즘은 보기 힘든 노란 물탱크가 있는 오래된 집이다. 그런데 회사 간판이 붙어 있는 집이다. 이곳들도 삼성역과 연관이 있어 보였다.

그렇게 늦은 여름의 깊은 곳에 숨어 있던 삼성역을 만났다. 뜨거운 햇살을 조금이라도 더 받으려고 하늘을 향해 뻗은 해바라기가 서 있다. 찬찬히 바라 보다가 경산의 삼성역을 떠났다. (2019. 9. 5)

삼성역

· · ·

경상북도 경산시 남천면 삼성역길 64-23(삼성리 531).

경부선의 역으로 1926년 운수업무를 시작했다. 2004년 여객 취급을 중지했다.

오늘, 간이역에서

초판 1쇄 2020년 7월 21일
지은이 박성진
펴낸이 권경미
기획 김민기
디자인 최상곤
펴낸곳 도서출판 책숲
출판등록 제2011-000083호
주소 서울시 용산구 후암로40길 2
전화 070-8702-3368
팩스 02-318-1125

ISBN 979-11-86342-31-2 03810

이 도서의 국립중앙도서관 출판시도서목록(CIP)은 서지정보유통지원시스템
홈페이지(http://seoji.nl.go.kr)와 국가자료공동목록시스템(http://www.nl.go.kr/kolisnet)에서
이용하실 수 있습니다.(CIP제어번호 : CIP2020023630)